W9-BGN-786

Retold in both Spanish and English, the universally loved story *Beauty and the Beast* will delight early readers and older learners alike. The striking illustrations give a new look to this classic tale, and the bilingual text makes it perfect for both home and classroom libraries.

Vuelto a contar en español e inglés, el universalmente querido cuento de *La bella y la bestia* deleitará por igual a lectores jóvenes y estudiantes adultos. Las llamativas ilustraciones le dan una nueva vida a este clásico cuento, y el texto bilingüe lo hace perfecto tanto para el hogar como para una biblioteca escolar.

First published in the United States in 2007 by Chronicle Books LLC.

Adaptation © 1999 by Roser Ros.
Illustrations © 1999 by Cristina Losantos.
Spanish/English text © 2007 by Chronicle Books LLC.
Originally published in Catalan in 1999 by La Galera, S.A.U. Editorial.
All rights reserved.

Bilingual version supervised by SUR Editorial Group, Inc.
English translation by Elizabeth Bell.
Book design by Meagan Bennett.
Typeset in Weiss and Handle Oldstyle.
Manufactured in Hong Kong.

Library of Congress Cataloging-in-Publication Data
Ros, Roser.
  [Bella y la bestia. English & Spanish]
  Beauty and the beast : a bilingual book! = La bella y la bestia / adaptation by Roser Ros ;
illustrations by Cristina Losantos.
      p. cm.
  Summary: Through her great capacity to love, a kind and beautiful maid releases a handsome
prince from the spell which has made him an ugly beast.
  ISBN-13: 978-0-8118-5970-7 (pbk.)
  ISBN-10: 0-8118-5970-3 (pbk.)
  ISBN-13: 978-0-8118-5969-1 (hardcover)
  ISBN-10: 0-8118-5969-X (hardcover)
  [1. Fairy tales. 2. Folklore—France. 3. Spanish language materials—Bilingual.] I. Losantos,
Cristina, ill. II. Title. III. Title: Bella y la bestia.
  PZ74.R668 2007
  398.2—dc22
  [E]
  2006034843

Distributed in Canada by Raincoast Books
9050 Shaughnessy Street, Vancouver, British Columbia V6P 6E5

10 9 8 7 6 5 4 3 2 1

Chronicle Books LLC
680 Second Street, San Francisco, California 94107

www.chroniclekids.com

BEAUTY AND THE BEAST

LA BELLA Y LA BESTIA

ADAPTATION BY ROSER ROS

ILLUSTRATED BY CRISTINA LOSANTOS

chronicle books · san francisco

Once there was a merchant who had three daughters. Before leaving on a long journey, he asked them if they wished for any gifts from his travels.

The two elder daughters asked for the most beautiful dresses he could find. His youngest daughter, Beauty, asked only for a rose.

Érase una vez un mercader que tenía tres hijas. Antes de emprender un largo viaje, el hombre preguntó a sus hijas si deseaban que les trajera algún regalo a la vuelta.

Las hijas mayores pidieron los vestidos más bellos que pudiera encontrar. La hija menor, Bella, pidió sólo una rosa.

On his way home, the merchant remembered that he had forgotten the rose for his youngest daughter. He dared not return home without this gift, and as fate would have it, he soon came upon a palace with a magnificent garden. He stopped to pick the loveliest rose he could find.

Hallándose en pleno viaje de retorno, el mercader se acordó que había olvidado la rosa que deseaba la más joven de sus hijas. No podía regresar a casa mientras le faltara este regalo, y quiso la casualidad que al poco rato pasara cerca de un palacio con un magnífico jardín florido. Hizo alto para coger la más bella rosa que pudo encontrar.

The instant he picked the rose, a fearsome beast appeared.

"You have stolen one of my roses!" growled the beast. "You must be punished!"

"Sir, have mercy on me! I meant no harm! I was only trying to fulfill my daughter's wish for a simple rose."

"In that case, you may go," said the beast, "But on one condition: that your daughter come to me in your place. If she does not, you must return to me for punishment."

Inmediatamente después que cogió la rosa, apareció una bestia pavorosa.

—¡Me has robado una de mis rosas! —rugió la bestia—. ¡Serás castigado!

—¡Señor! ¡Tened piedad de mí! Tenía buenas intenciones. Sólo quise cumplir el deseo de mi hija por una simple rosa.

—Si es así, puedes partir —dijo la bestia—. Pero con la condición de que tu hija acuda a mí en tu lugar. Si no lo hace, deberás volver tú para recibir tu castigo.

When he arrived home, the merchant told his daughters about the beast. The two eldest daughters blamed their younger sister for his misfortune.

Beauty insisted she go to the beast instead of her father. Although the merchant could not bear to see her go, he finally gave in.

Al llegar a su casa, el mercader contó a sus hijas lo ocurrido con la Bestia. Sus dos hijas mayores echaron las culpas por la desgracia a su hermana menor.

Bella se empeñó en irse a la bestia en lugar de su padre. Aunque al mercader le daba angustia verla partir, al final cedió.

When Beauty arrived at the palace, Beast made her welcome and left her to do whatever she pleased. She strolled in the garden and explored every corner of the palace. Whatever she wished for, Beast made appear.

Each evening, Beast dined with Beauty, and little by little, she grew accustomed to him.

Cuando Bella llegó al palacio, la Bestia la recibió con agasajos y le permitiá hacer todo lo que quisiera. Ella salía a pasear por los jardines y recorriá el palacio de arriba abajo. La Bestia procuraba que se cumplieran todos los deseos de Bella.

Cada noche, la Bestia y Bella cenaban juntos, y poco a poco, ella se fue acostumbrando a su compañía.

Meanwhile, Beast fell in love with Beauty. Each night after dinner, he asked her to marry him, but Beauty always answered in the same way:

"You know how fond I am of you. But I could never marry a beast."

This saddened Beast greatly.

Mientras tanto, la Bestia se enamoró de Bella. Cada noche, a la hora de la cena, le preguntaba si quería casarse con él, pero Bella le contestaba siempre lo mismo:

—Tú sabes lo mucho que te aprecio. Pero nunca me casaría con una bestia.

Esta respuesta entristecía muchísimo a la Bestia.

Despite her luxurious life, Beauty missed her family more each day.

Finally she asked Beast if she might spend a few days with them. Beast was fearful she wouldn't return, but he could not deny her request. He made her promise to come back in a week.

"Thank you, dear Beast! I promise to return!"

"Make sure you keep your promise, Beauty. Don't forget me!"

A pesar de su vida regalada, Bella sentía cada vez más ganas de volver a ver a su familia.

Hasta que un día, la muchacha pidió a la Bestia que le permitiera pasar unos días con los suyos. La Bestia temió que Bella no regresara nunca, pero no pudo negarse a su petición. Le hizo prometer que regresaría en una semana.

—¡Gracias, querida Bestia! ¡Te prometo que volveré!

—Procura cumplir tu promesa, Bella. ¡No me olvides!

The merchant was overjoyed to see his youngest daughter. But Beauty's sisters, hearing of her pampered life, were very jealous, and contrived a way to ruin her good fortune. At the end of the week, as Beauty was getting ready to leave, they burst into tears:

"We have missed you terribly! Please, stay a little longer!"

Beauty couldn't refuse them.

No hay palabras para describir la alegría del mercader al ver a su hija pequeña. Sin embargo, sus hermanas, al oír de la vida tan regalada que llevaba, sintieron una gran envidia y conspiraron para que cayera en desgracia. Al término de la semana concedida, cuando Bella se preparaba para regresar, ellas empezaron a llorar:

—¡Te echamos tanto de menos! Te rogamos, quédate con nosotros un poco más.

Bella no pudo negarse.

But the longer Beauty stayed away, the more she missed Beast. One night, Beauty had a dream: In a corner of the garden, Beast was writhing in agony. When she asked what was wrong, Beast answered in a feeble voice:

"I am dying of a broken heart, because you have forgotten me."

~

Pero cuanto más tiempo pasaba Bella fuera del palacio, más le echaba de menos la Bestia. Una noche, la muchacha tuvo un sueño: en un rincón del jardín, la Bestia se retorcía de dolor. Y cuando ella le preguntaba qué le ocurría, la Bestia le contestaba con un hilo de voz:

—Me estoy muriendo de pena porque te has olvidado de mí.

The next morning, Beauty rushed to the back to the palace. She arrived to find the very scene that had appeared in her dream.

"Oh, Beast! Don't die! What will I do without you?" she exclaimed.

Beast lacked even the strength to reply.

"Don't you know that I love you?" she wept.

A la mañana siguiente, Bella regresó a toda prisa al palacio. Al llegar, vio la escena exactamente cómo la había visto en sueños.

—¡Oh, Bestia! —exclamó—. ¡No te mueras! ¿Qué voy a hacer sin ti?

La Bestia no tenía fuerzas para responder.

—¿Es que no sabes que yo te quiero? —lloró la muchacha.

At these words, a wondrous transformation took place: The ugly beast turned into a handsome young prince!

"At last!" exclaimed the prince. "For years a magic spell held me trapped in the body of a beast. Finally, you have released me, for only true love could set me free."

Beauty and the prince were married, and they lived happily ever after.

Después de estas palabras, se produjo una asombrosa transformación: ¡la fea bestia se convirtió en un príncipe joven y apuesto!

—¡Por fin! —exclamó el príncipe´—. Por muchos años, un hechizo me obligó a vivir encerrado en el cuerpo de una bestia. Ahora tú me has libertado, porque sólo el amor verdadero podía librarme.

Bella y el príncipe se casaron, y vivieron felices para siempre.

Also in this series:

Aladdin and the Magic Lamp ✦ Cinderella ✦ Goldilocks and the Three Bears
Hansel and Gretel ✦ The Hare and the Tortoise ✦ Jack and the Beanstalk ✦ The Little Mermaid
Little Red Riding Hood ✦ The Musicians of Bremen ✦ The Princess and the Pea
Puss in Boots ✦ Rapunzel ✦ Rumpelstiltskin ✦ The Sleeping Beauty ✦ The Three Little Pigs
Thumbelina ✦ The Ugly Duckling

También en esta serie:

Aladino y la lámpara maravillosa ✦ Cenicienta ✦ Ricitos de Oro y los tres osos ✦ Hansel y Gretel
La liebre y la tortuga ✦ Juan y los frijoles mágicos ✦ La sirenita ✦ Caperucita Roja
Los músicos de Bremen ✦ La princesa y el guisante ✦ El gato con botas ✦ Rapunzel
Rumpelstiltskin ✦ La bella durmiente ✦ Los tres cerditos ✦ Pulgarcita ✦ El patito feo

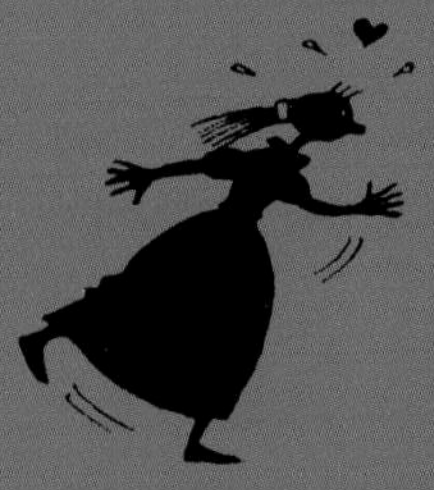

Roser Ros holds a doctorate in education from the University of Barcelona. She writes texts for children who are learning to read and has adapted traditional songs for various collections. Ros is the founder of the Spanish group ANIN (Association of Storytellers) and serves as editor of N, the organization's magazine.

Roser Ros es doctorada en Pedagogia por la Universidad de Barcelona. Escribe textos para niños que están empezando a leer. Ha versionado canciones tradicionales en diversas colecciones. Es la fundadora de la Asociación de Narradores y Narradoras (ANIN) y dirige N, la revista de esta asociacíon.

Cristina Losantos holds a fine arts degree from the University of Barcelona. A former professor of art, she is currently an illustrator for the top publishing houses in Spain.

Cristina Losantos, licenciada en Bellas Artes por la Universidad de Barcelona, era profesora de dibujo antes de dedicarse a la ilustración. Trabaja para las editoriales más importantes de España.